Éditions DIASPORAS NOIRES

www.diasporas-noires.com

©Nina Wade 2016
ISBN version numérique : 9791091999717
ISBN version imprimée : 9791091999724
Date de publication numérique : 5 Septembre 2016
Date d'impression : Septembre 2016

Illustration couverture : Amadou Tijane BA

Nina Wade

Une Africaine au Japon

Autofiction

A Seynabou et Bechir

Infiniment reconnaissante

OSAKA

Une nouvelle vie

La fin de ma vie de bourgeoise. Je ne me savais même pas bourgeoise. Je trouvais normal d'avoir une bonne qui travaille à plein temps pour mon bien-être à la maison. Cuisiner moi-même mes repas était l'exception réservée au dimanche. Mon ressenti n'était jamais bon, ces jours sans bonne. Il y avait une certaine petitesse, une asthénie presque, dans cette absence d'une autre personne avec qui interagir. Ici à Osaka, au Japon, ce malaise se déploie royalement, l'indifférenciation des lundis et des samedis étant devenue la règle. Depuis que le tandem bénéfique formé par ma bonne et moi n'est plus, je suis devenue la bonne. Je n'ai plus personne à complimenter et à remercier pour les bons repas. Tous les jours, je cuisine, en tâtonnant, je me félicite rarement du résultat. Je crée un bazar formidable avant et après chaque repas et mon humeur en pâtit.

Certes, les repas que je prépare nourrissent mes enfants et mon mari. Mais, ils me privent d'eux : le temps passé à la cuisine, qui me semble interminable, aurait été passé auprès d'eux, si une autre s'en chargeait, comme cela a été le cas quasiment toute ma vie, jusqu'à mon arrivée au Japon.

Oh mais, je manque à toutes les règles de politesse, je ne me suis pas présentée. Je suis Nina, j'ai la trentaine, je suis l'heureuse maman de trois enfants : Dom, sept ans ; Fina, quatre ans et Bébé, un an. Je suis mariée depuis une dizaine d'années à un médecin sérieux et talentueux : Chéri. Notre vie est plutôt douillette, à Dakar nous jouissons d'un habitat confortable, d'une ou de deux femmes de ménage, selon l'âge des enfants, privilèges qui profitent surtout à ma personne. Grâce à elles, j'ai pu vaquer à mes activités juridiques. Et pas que. J'ai pu laisser libre cours à mon indolence naturelle. Méditer en cours de yoga après le boulot, faire la sieste pendant ma pause, savourer de bons petits plats sans cuisiner. Conserver ma bonne humeur et mes bonnes dispositions envers tous. J'ai vécu ainsi assez longtemps pour me sentir comblée et prête à passer à autre chose.

Me voici donc à l'étape japonaise de ma vie. Sans préparation véritable. Mais avec une grande assurance. Jusqu'ici la vie m'a souri. Je reste moi, avec ma bonne étoile, au Japon ou au Sénégal, cela m'est égal. Je parviendrai bien à recréer ici ma bulle heureuse. Je compte m'inscrire à des cours de langue et pour les enfants, leur inscription à l'école publique est déjà enclenchée grâce au support de nos hôtes du quartier aisé d'Ashiya qui ont spontanément offert de nous aider pour toutes nos démarches. Sauf qu'au bout de quinze jours seulement nous avons dû déménager pour raisons x et y. Direction Toyonaka, *International House*, où en ce moment même, je m'affaire aux fourneaux, dans un tourbillon de questions.

Chaque fois qu'il faut se mettre à table, je me vois imposer un temps de travail disproportionné. Qu'est-ce que c'est censé m'apprendre ? Qu'il faut souffrir pour manger ? C'est une proposition idéale pour qui veut entamer un régime.

Au réveil, après trente minutes debout en train de préparer et cuire les pancakes, j'en obtiens pour moi, juste trois ou quatre, que j'avale en moins de deux. Je pourrais bien opter pour des tartines ou des céréales instantanées, je préfère cependant me tenir devant la poêle qui a l'immense avantage de diffuser une chaleur intéressante, les matins frileux. Ce temps d'efforts n'est donc pas désagréable mais seulement long par rapport à la courte jouissance de la dégustation proprement dite.

Optimiser un repas qu'on prend en vingt minutes, c'est le préparer en vingt minutes. Je n'ai pas été à bonne école, pour accomplir cette prouesse. Alors, en toute logique, je devrais me limiter à la cuisine pour les nuls, à savoir, faire des sandwichs avec quelques tranches de viande froide et quelques petits légumes frais ou confits, juste à découper. Ou, plus rapide encore, pourquoi ne pas réchauffer un plat surgelé, déjà cuisiné ? En fait, je ne connais pas ces tactiques. Je les découvre à travers les films occidentaux et autres, mais, chez moi, je n'ai jamais dîné ni déjeuné avec un plat sortant du micro-ondes. Rien qui s'apparente au sandwich club non plus ne fût inclus au menu.

Car on est toujours plombé par sa culture. Malgré mes voyages, malgré *Jamie Oliver,* dont je ne ratais pas l'émission culinaire, je reste assez traditionnelle dans ma cuisine. Je fais comme ma mère et ma grand-mère sénégalaises : nous cuisinons des plats en sauce que nous laissons mijoter. Ni steak-frites ni salade composée au menu. Nous n'achetons pas de la viande tendre en barquettes ou des filets de poisson déjà levés mais de gros quartiers de viande coriace et des poissons entiers qui demandent une préparation plus longue. Nos légumes et condiments sont bruts et non pas prédécoupés, en sachets ou en conserves prêts à l'emploi.

Toute ma vie, j'ai vu des repas que la bonne commençait à préparer entre 10 heures et 11 heures et qui étaient servis entre 13 heures et 14 heures. Une moyenne de trois heures. Moins pour le dîner. Et ça veut se mettre à la même hauteur qu'une femme Japonaise qui fait tout : préparer-manger-nettoyer en une heure chrono. J'assistais à cet exploit pour la première fois avec le couple de Japonais francophiles qui nous avait offert l'hospitalité, à notre arrivée à Kobe. Il respectait ce timing à la minute près. Et tout restait nickel. Il est arrivé qu'ils cuisinent à même la table à manger sur laquelle un réchaud électrique était installé, un court bouillon de légumes dessus servant à cuire quelques minutes seulement les crevettes, lamelles de viande et de poisson crus. Le temps d'un bain chaud et c'est prêt ! Ces morceaux, assaisonnés de vinaigre, accompagnés du bouillon de légumes, formaient un magnifique repas sain et délicieux. Une autre fois, pour des boulettes *tacoyaki*, pareil, le moule de cuisson était disposé sur le même type de réchaud, chez le Directeur de mon mari qui nous avait invités. Son épouse n'a pratiquement pas quitté la tablée, tout cuisait sous nos yeux, et rapidement. C'était bluffant pour l'Africaine que je suis. Chez moi, cuisiner rime avec suer, s'enfumer et patienter des heures avant de manger. Pas étonnant que cela ne m'ait pas attiré des masses.

Mais, je peux nous dédouaner sur un point : nous autres, Africaines du cru, nous n'avons pas la même panoplie de matériels électriques ni la même conception du confort. Hotte aspirante, autocuiseur et ce cher lave-vaisselle, ne sont pas encore démocratisés au pays. On peut bien gagner sa vie et ne jamais décider d'en acheter car, d'un : on délègue ça à la bonne dame de service, si c'est long, si c'est chaud, si c'est fatigant, nous n'en sommes pas conscientes car nous sous-traitons cette activité. De deux : la cuisine africaine n'est pas ouverte, elle est fermée et le plus loin possible du salon ; qu'elle soit sous-équipée et moche, tout le monde s'en moque. Et de trois : l'odeur forte de certains composants (les amateurs de *Dakhine*[1] comprendront) couplée à la fumée jaillie de la saisie vive par laquelle débutent la majorité de nos plats, imprègne à tous les coups les vêtements et n'est pas compatible avec la cuisine de type light qui ne gâche pas le confort de la tablée. Par conséquent, l'attirail rudimentaire et la cuisson lente sont en cohérence avec le modus vivendi le plus répandu sous nos tropiques.

---

[1] Plat sénégalais typique comprenant de la pâte d'arachide grillé, des poissons et fruits de mer séchés, des abats de mouton, des haricots, de la graisse de lait de vache, du néré, du « nokoss » (mixture piment-poivre-ail-oignons-poivrons-cube).

Je comprends maintenant aussi pourquoi la plupart des bonnes ne se régalent pas de leur préparation. Mon petit déjeuner je le prends debout car le matin il me faut cuire tous les pancakes, préparer et emmener à l'école Dom, mon fils, je n'ai pas le loisir de m'attabler. Je dois arrêter cette habitude et résister à l'envie de manger mes pancakes et boire mon chocolat debout, vite fait, mal fait. Soit je me lève plus tôt, pour me restaurer avant tout le monde, soit je réserve ma part jusqu'à avoir fini le tout, au retour de l'école de Dom, pour m'asseoir et bien manger. Mais non, en fait, je fais rarement ce que je sais que je dois faire. Je répète la même erreur. L'erreur de croire que les féministes ont tort et que l'on peut vraiment s'occuper et de sa famille et de sa personne. Ici, il faut forcément s'oublier pour s'occuper de sa famille.

Au déjeuner, c'est la même hâte. Je mange vite pour sortir tout de suite après, chercher Dom à l'école. Or, des années durant, j'ai fait une petite sieste juste après le repas. Là, c'est impossible. Bébé me "sent" quand je pénètre dans ma chambre, qui est aussi sa chambre, et se réveille pour ne plus me lâcher. Résultat : je me cache d'elle en restant sur le canapé inconfortable du salon devant un film ou bien je lis, mais je ne me repose pas. Dans cette position, j'ai dans mon champ de vision, la vaisselle sale du déjeuner, du petit déjeuner et parfois, comme aujourd'hui, du dîner d'hier. C'est trop. Pourquoi je les accumule de la sorte sachant qu'au moment où je m'y attaquerai, j'en aurai pour une heure debout, toujours les mains mouillées ? Parce que je déteste faire la vaisselle. Je déteste vraiment. Hors de question de m'y coller trois fois par jour, ce qu'il faudrait pour maintenir mon coin-cuisine propre. Je ne le peux pas. J'aime cuver et digérer assise, pas debout les mains dans l'évier. Alors, la seule heure où je peux l'expédier sans trop m'énerver, c'est vers 18 heures. J'ai fini de digérer, je vais de toute façon devoir m'y coller car je dois préparer le dîner vers 19 heures et je réutilise les mêmes ustensiles qui ne seront restés propres qu'une heure ou deux. Ils seront sales à nouveau après le dîner et je les abandonnerai à leur saleté, jusqu'au lendemain.

Au début de mon séjour, je m'épuisais à tout laver jusqu'à 23 heures pour le plaisir de me retrouver devant une cuisine propre le lendemain matin. C'était un déluge d'efforts. Vu que la vaisselle se salit aussi vite, je ne peux plus suivre le rythme. Je laisse gésir. Le lâcher-prise... De la vaisselle sale n'a jamais tué personne.

Il faut avouer que, grâce au dévouement des bonnes et des boys, les corvées domestiques m'ont été épargnées enfant et adolescente. Elles font partie des matières que j'ai apprises sur le tard. Et, je me rappelle que ma mère déplorait le peu d'intérêt qu'on portait aux tâches ménagères et rudiments de la cuisine. Je dédaignais la cuisine, le romantisme, le maquillage. En fière fille à papa, j'ai résolu de lui ressembler. Je trouvais qu'il donnait une grande plus-value à son rôle de père, il était accessible, équitable, aimant, intéressant, généreux, exigeant, éclectique. Je m'identifiais à lui et j'étais volontiers attirée par son monde des livres et du cinéma, sa culture générale. Pour mémoire, autant il m'orientait et m'encourageait dans mes lectures, autant il m'a stoppée net lorsque je me suis prise d'une passion frénétique pour le crochet. Mes quelques napperons et chemins de tables sont quand même restés longtemps sur nos meubles, vestiges de ma très brève féminitude.

A l'université, lorsqu'il nous a pris un appartement, ma sœur et moi, le frigo était resté des mois dans son carton, jusqu'à ce qu'un ami nous enjoigne à nous en servir, ne serait-ce que pour lui offrir un jus de *bissap*[2] frais, fait maison (ce même homme se plaindra que le jus qu'on lui fit n'était pas bon !). La cuisine était une pièce superflue où l'on passait en flèche pour chauffer de

---

[2] Hibiscus en infusion sucrée

l'eau. A un moment donné, voyant que nous n'avions pas la fibre culinaire, mon père parlait de faire appel à un cuisinier qui nous apprendrait cet art que lui-même maîtrisait mieux que ses filles, idée restée sans suite.

En vérité, en cuisine, je me suis toujours sentie comme une profane. Je suis devenue épouse et mère en sautant les étapes préparatoires importantes sur comment tenir une maison et préparer les repas. Les rites de passage avaient du bon.

Je ne reproche rien à mes parents, en devenant parent à son tour, on se rend compte du tour de force qu'est l'éducation correcte d'un enfant jusqu'à sa majorité. Il y a forcément des choix à faire et des choses auxquelles on renonce en chemin.

« Mieux vaut changer ses désirs que l'ordre du monde, et se vaincre soi-même plutôt que la fortune ». J'ai, de tout temps, trouvé extrêmement lucide cette assertion de René Descartes Un temps, j'ai voulu d'un lave-vaisselle, mais il n'y avait pas de quoi se le payer. Je me suis donc battue avec ma paresse naturelle pour venir à bout de mon aversion pour la vaisselle et les travaux ménagers dans leur ensemble. Las ! Ils ont eu raison de moi. A chaque fois, je n'y coupe pas, la lame du couteau me lamine les paumes et les doigts, l'huile chaude m'éclabousse, la plaque du four me brûle. J'ai rarement cuisiné, nettoyé ou fait une lessive en dominant mon sujet. J'ai été mise KO par le monstre domestique.

Le maternage à fond

Mon séjour au Japon est très loin de mes espérances. Je n'en garderai qu'un souvenir mitigé. En cause ? Un emploi du temps qui gravite autour des enfants, essentiellement. A mon corps défendant, je ne suis rien de plus qu'une mère.

Et aussi indigne que cela puisse paraître, être mère à plein temps est déprimant pour moi. Cela ne peut être que temporaire, sinon je risque de péter un câble. La ritournelle des caprices de ma fille de quatre ans, Fina, perturbée par son décrochage de la maternelle, où elle retrouvait ses deux maîtresses et des camarades de jeux. Aujourd'hui, ce sont de piètres remplaçants, *Angela et Talking Tom* (chats virtuels du smartphone) qu'elle doit bichonner, lorsque je suis à court d'imagination pour l'occuper. Les efforts pour nourrir Bébé, qui ne mange que sous la contrainte, la permanence du danger avec cette cuisine dans le living-room. La vaisselle sale, véritable supplice de Sisyphe, toujours à 22 heures en train de laver assiettes et casseroles, jusqu'à 23 heures. Si je ne m'y astreins pas, le lendemain matin, le spectacle désolant des restes d'aliments racornis, des tâches d'huile et de tomate sur le plan de travail encombré, seront là pour me rappeler que j'ai failli à mon devoir. Les odeurs de cuisine dans ma chambre à coucher. La salle de bain qui se salit vite après que je l'aie nettoyée.

Le froid. A mon grand dam, mes pieds traquent les particules de froid et se les inoculent durablement. Chaussettes, chaussons, chauffage, massage, rien n'y fait. Lorsque je sens que le froid s'est diffusé jusqu'à mon cerveau, je plonge les pieds dans une bassine d'eau chaude et enfin, je me stabilise. J'aime tellement la touffeur, mon seuil de résistance au froid est très bas. Je n'aime pas non plus me mouiller les mains, or je passe beaucoup de temps à le faire, entre la lessive à la main quasi quotidienne, car notre machine n'enlève aucune tâche (alors qu'elle consomme bel et bien), les bains quotidiens des enfants, la préparation des trois repas. C'est dur.

Quand je m'assois, c'est pour allaiter. J'allaite intensivement. Aucun recours pour freiner Bébé. Les biberons, il faut que je les augmente progressivement. Quand je n'allaite pas, j'essaie de regarder des films. J'y parviens et c'est mon unique distraction. La lecture aussi, quand mon mari me rapporte de bons livres de l'Institut Français. C'est lui qui choisit les livres que je lis, un peu infantilisant. Bien obligé, considérant que je n'y ai jamais mis les pieds. Comment entrerais-je dans une bibliothèque avec une poussette ? Exemple parmi d'autres, qui donne à réfléchir sur la condition intellectuelle des mères au foyer avec de jeunes enfants sans place à la crèche[3].

Un tel effacement de soi nécessite d'avoir une confiance totale en celui dont on devient si complètement dépendante. Peut-être aussi qu'un homme se sent plus fort lorsqu'il assume à lui seul tous les besoins de sa femme. A un moment, j'avoue, j'ai ressenti plus d'affection pour mon mari, du fait de cette dépendance. C'est un travers féminin, cet amour du maître protecteur, le *sangue* (en wolof, ma langue maternelle), une appellation enjolivée du mari. A un point qu'au Sénégal, c'est une concurrence bon enfant qui règne parmi nombre d'hommes sur leur pluralité d'épouses (d'une à quatre). Il en va autrement de la rivalité entre coépouses. Elle cause beaucoup de torts. Mais c'est notre réalité culturelle. Qu'on le veuille ou non, on est formaté par sa culture.

---

[3] J'aurais pu choisir via la médiathèque du site de l'Institut qui est bien accessible en ligne, j'avoue n'y avoir jamais pensé.

Effacement aussi, car je n'achète quasiment rien pour moi à Osaka. Je suis, heureusement, d'un naturel minimaliste, écolo, anticonsumériste. Ces prédispositions rendent la circonstance indolore. Je n'ai plus accès à mon compte bancaire du Sénégal car la carte a expiré peu de temps après mon arrivée. C'est avec celle-ci, lorsque j'étais encore salariée, que j'avais l'habitude de faire mes achats personnels. De fait, j'ai un mal fou à utiliser l'argent de mon mari pour m'offrir mes petits extras. Pourtant, c'est quand même légitime et inévitable lorsque l'on est femme au foyer. J'aurais dû m'y exercer. Mais le changement a été trop subit. A en croire les papoteurs, les hommes japonais remettent leur salaire en totalité à leurs épouses qui gèrent à leur guise et leur en laissent juste l'argent de la bière et de la cigarette. Je n'ai pas osé poser la question ouvertement à une femme japonaise, vu leur pudeur. Et à chaque fois que j'entends cette théorie, ce sont des étrangers qui me l'affirment, je n'ai pas une confirmation locale. Toutefois, il semble, après vérification Google, que plusieurs sites sérieux le confirment, sondages à l'appui.

En comparaison, au Sénégal, bien souvent, il faudra mener des investigations afin de connaître les revenus de son mari. Nos hommes se gardent de se mettre à nu financièrement. C'est hors de question pour la plupart d'entre eux, non mais ! La transparence, c'est se démystifier, alors que ta femme tu dois quand même la dominer ! L'atavisme et le machisme sont enracinés en vous, Messieurs. On est à mille lieues des systèmes fiscaux où domine la déclaration commune de revenus. Je sais que plusieurs ménages (surtout s'agissant de femmes illettrées) vivent sans trop de tensions parce que Madame est tenue dans l'ignorance de ce qui entre précisément dans la poche de Monsieur et ce qu'il en fait. Les rapports à l'argent sont complètement différents entre pays pauvres et pays développés.

Entre Africains, chacun a le réflexe de garder secrète l'étendue de sa richesse ou de sa pauvreté. Le régime de la séparation des biens est le régime matrimonial de droit commun au Sénégal, rares sont les époux ayant opté pour la communauté de biens parmi mes concitoyens.

En somme, je ne suis pas habituée à disposer de l'argent de mon mari mais du mien. Étant donné que je n'ai aucun revenu propre ici, je suis, comme qui dirait, mal barrée.

Et pourtant, j'avais essayé d'anticiper cet écueil, en tablant sur un moyen pour me créer une source de revenus une fois sur place, abracadabra : Aloe vera !

A l'Aloe vera, tu renonceras

Encore quelque avantage que mon statut au Japon m'aura dénié.

Six mois avant de venir, j'ai fait, en marge de ma profession habituelle, des incursions dans le travail de distributeur de produits cosmétiques, compléments alimentaires, forme et bien-être à base d'aloe vera et d'autres plantes et produits de la ruche. J'hésitais encore sur mon voyage à Osaka et j'en parlais avec une personne qui s'y était déjà rendue. Elle m'a mise au parfum de ce marché très dynamique au Japon, elle-même étant manager dans ce business et ayant connaissance des chiffres mirobolants réalisés au Japon. Je n'ai pas hésité longtemps : la gamme de produits est la même partout dans le monde, il y a peu de contraintes, on doit juste s'organiser pour avoir l'attention du client quelques instants. Voilà tout trouvé ce que je pourrais accomplir d'avantageux au Japon. J'ai signé. Ce fut une bonne expérience à Dakar, je vendais pour la première fois de ma vie et c'était comme si j'avais toujours fait ça. Mes collègues achetaient, mes voisins, mes amis, ma belle famille. C'était grisant, en tout cas au début. Après, le rythme des ventes a chuté. Je ne voulais pas retourner deux fois chez la même personne qui pouvait se sentir importunée. On joue sur le relationnel dans ce métier mais il faut savoir se préserver, en ne mêlant pas à l'envi le statut d'ami à celui de vendeur. La limite de ce système de vente en réseau est justement qu'on a vite fait le tour de ses amis et qu'il faut, pour transformer l'essai, aller à la recherche de clients hors réseau et de distributeurs nouveaux, qui élargiront le nombre de clients. Cela nécessite un aplomb et une motivation en béton.

En réalité, peu m'importaient les bénéfices, je m'exerçais juste. La grande razzia devait se dérouler au pays du soleil levant.

Dès mon arrivée, j'ai effectivement contacté le bureau de la société à Osaka et obtenu mon attestation de distributrice enregistrée dans le système japonais, ensuite, tout s'est arrêté là. Je n'ai jamais commandé le moindre produit, encore moins revendu. Et pour cause ! En quelle langue allais-je vendre ? J'avais évidemment posé la question à l'animatrice qui donnait les cours en stratégies de ventes et présentation des produits, elle m'avait répondu que c'est aux étrangers que je devrais les proposer. C'est vrai que les expatriés se retrouvent dans les mêmes cercles à l'étranger. On parlerait tous en anglais et cette langue m'est accessible. OK, problème levé. Je me trompais toutefois sur un détail crucial. Au Sénégal, mes fréquentations, mes voisins, mes collègues, mes promos[4] se situent dans la classe moyenne à moyenne supérieure. Leur pouvoir d'achat leur permet de s'offrir ces produits relativement chers. Or, au Japon, je devais vivre avec des étudiants étrangers, des doctorants, boursiers généralement, comme nous, venus avec leur famille et ayant peu de marge budgétaire. Le sujet de la cherté de la vie, par rapport au pays d'origine, revient fréquemment dans nos discussions. Je ne peux guère transposer ici ma méthodologie car la cible est moins nantie. Cette population est mon seul domaine de définition, je ne connais pas assez mes amis japonais et en termes d'approche commerciale, je redoute de pêcher par ignorance de leurs convenances nombreuses.

D'autant que, mes clients Dakarois étaient plus masculins que féminins, or, depuis que je suis arrivée, je n'ai guère frayé avec la gent masculine. Je ne déroge pas à la règle. J'ai compris la

[4] Diminutif de camarade de promotion académique dit promotionnaire, mot trop récurrent dans le langage sénégalais, et bizarre lorsqu'il est fièrement prononcé « promochionnaire ».

chance que j'avais de pouvoir côtoyer des hommes, mes collègues de l'époque notamment, un jour que je sortais avec mon amie japonaise, après avoir déposé les filles à la nursery privée. Nous étions dans sa voiture, lorsque je me suis mise à sourire à la lecture d'un mail assez drôle d'un de mes anciens collègues. Je lui en expliquais l'humour mais elle nota surtout le fait qu'il s'agissait d'un homme. Impressionnée, elle me dit « Je n'ai aucun ami homme ». *Honto* (vraiment) ? Oui, vraiment, elle n'en avait pas. Le clivage est aussi net que ça.

Je devrais, pour me conformer à cette donne, diviser ma clientèle par deux ? Sérieusement ? Je respecte les mœurs japonaises mais je ne peux ni ne veux me limiter de la sorte. Je ne suis pas pour les séparatismes. Comment les hommes et les femmes se comprendront, s'ils s'évitent ? La diabolisation des femmes, jusqu'à sa propre épouse, commence ainsi. Clap de fin donc pour l'expérience Aloe vera. Retourne à ta vaisselle, Femme !

Des femmes au foyer professionnalisées ?

J'aime me faire accroire qu'il y a des manières de rendre attractive cette occupation. Ce n'est pas acceptable de continuer d'ignorer l'indignation que manifestent beaucoup d'entre nous. Nous travaillons à toute heure, nous ne prenons pas de congés, nous ne nous reposons pas les weekends. Nous ne pouvons pas vivre de notre art. Le travail gratuit ôte toute valeur au travail, dit-on. Si tel n'était pas le cas, il y aurait un prix Nobel de la meilleure mère au foyer. Il y aurait des concours, des distinctions, des récompenses, pour cette catégorie de femmes. A la place, que constate-t-on ? Nous passons, selon les milieux sociaux, pour des paresseuses entretenues.

Oui, nous sommes entretenues, parce que nous entretenons la maison. C'est le strict minimum. Mais être entretenu n'est pas gratifiant. Au contraire, plus nous sommes dépendantes, moins notre voix compte. En cas de conjoint avare, malheur à nous. La vulnérabilité sera la conséquence directe d'une pareille situation.

L'équité plaide en faveur d'une monétisation de la fonction. J'exclus volontairement les aides et les allocations familiales, qui valent mieux que rien, mais n'ont pas la consistance et la crédibilité d'un salaire. Payer les femmes au foyer serait donc une merveilleuse initiative. Hélas, si elle était mise en pratique, l'idée s'avérerait saugrenue.

Nous savons qu'une rémunération est la contrepartie d'un travail effectif, en principe vérifiable. Dans le cadre d'un contrat de travail, elle implique un contrat entre employeur et employé et un lien de subordination. Cela revient à dire que la femme aura pour patron celui qui lui versera son salaire.

En toutes hypothèses, ce serait le gouvernement ou son conjoint. Or, dans un couple, les relations ne peuvent, décemment, être tarifées. Exit le conjoint employeur, il reste le gouvernement. Un patron qui aurait quels moyens d'évaluation, de contrôle et de contrainte ? Je vous le demande. L'intimité du lieu de travail - le domicile - ne se prête pas à l'inspection : les repas sont-ils servis à temps ? Les enfants sont-ils lavés, nourris, blanchis, éduqués, aimés ? A partir de quels indicateurs évaluer ? La maison est-elle propre, sécurisée, douillette ? Le mari est-il bien accueilli, soutenu, aimé, respecté ? Impossible de s'immiscer à ce point dans la vie d'une famille. Il n'y a pas de salaire qui tienne, car, Mesdames, femme au foyer n'est pas un travail comme les autres. Il s'effectue à l'abri des regards. Par essence, il est secret.

La cause est entendue. Je dois comprendre que je ne suis plus dans un cadre professionnel classique. Je dois oublier la prétention salariale et tous ces concepts rationalisants. Bébé n'en a cure que je n'ai plus un revenu, elle attend de moi, de la nourriture et de l'affection. Point barre.

Ce qui doit nous rendre fières, ce sont les bouilles bien nourries de nos enfants, les voir grandir, devenir intelligents, nous succéder. C'est le temps qui passe et qui n'érode pas nos sentiments pour l'homme qui sort tôt et rentre tard dans le but de nous offrir les meilleures conditions de vie. Les deux valeurs sûres de toute femme au foyer. Elles ont fait leur preuve. Elles justifient le don de soi. Jusqu'à une certaine limite, c'est doux d'être femme.

Toujours est-il que cette aptitude, on l'a ou on ne l'a pas. Ma mise à l'épreuve japonaise devrait m'édifier sur cet aspect de ma personnalité. Je n'y étais pas préparée, mais je m'y essaie, au forceps. Vais-je m'en sortir ? Je suis là pour quatre années, en principe, j'aurai le temps de devenir une mère et une épouse, sinon professionnelle, du moins, accomplie.

Mère nourricière

Suis-je une mère incapable parce que je me contente d'allaitement, de chips et de biscuits pour nourrir Bébé, à dix-huit mois ?

C'est que, tous les autres aliments élaborés (purées, riz au lait, petits pots, yaourts, fromage au mil) que je lui ai proposés ces temps-ci, elle les refuse catégoriquement. Pas une seule bouchée avalée. Elle se met à pleurer, à secouer son petit corps dans tous les sens pour se sortir de la chaise haute, à salir vêtements et sol en recrachant la nourriture déposée sur ses lèvres avec moult acrobaties. Car j'ai renoncé à lui fourrer de force la cuillère dans la bouche, manière de faire barbare et dangereuse.

Après chaque tentative de ce genre, un ratage total, je me fâche contre moi car j'aurais encore eu la faiblesse de croire qu'elle va accepter, comme par miracle. Je ne m'inflige ces matchs perdus d'avance, que pour montrer à mon mari, qui me relance tous les jours pour que je donne à manger à Bébé des repas plus consistants que chips et compagnie, que j'ai fait mon job. Et le résultat, en plus du gâchis de nourriture, de gaz et de temps, est que je vais pester, râler, contre personne en particulier ; qui blâmer ? Un bébé qui refuse sûrement parce qu'il n'a pas faim et que lait maternel, biscuits et chips lui suffisent ? Mon mari, qui ne pense qu'à préserver la santé et la croissance de sa fille ? Moi ? Qui ne lui propose plus de la nourriture élaborée pour éviter de m'énerver après ses refus obstinés. Cette abdication est une solution de facilité et de paresse selon mon mari. Est-ce cela, de la paresse ? Admettons, je vais réessayer avec du *tiéré* (couscous de mil) dont j'avais rapporté un gros stock du Sénégal. Elle a tété tout de suite. Elle n'a sûrement pas faim, plutôt sommeil, elle bâille. Inutile de lancer le *rice-cooker* 20 minutes encore ? Allez, je vais le faire quand même, par acquit de conscience. Je reviendrai avec le résultat.

Peut-être 30 grammes de *tiéré* avalé. Au bout de la sixième et septième cuillerée, elle jetait ou recrachait, alors j'ai arrêté, sans me fâcher, et j'ai donné à Dom le reste. Je lui en proposerai à nouveau après son somme.

Je pars aussi me coucher et j'espère m'endormir pour oublier que je suis vraiment en train de végéter dans un rôle de femme au foyer qui me fait dépérir. Ranger et nettoyer quotidiennement sans encouragement sans fin. S'échiner aux fourneaux et culpabiliser non seulement pour l'alimentation de Bébé mais aussi pour l'errance sur Facebook, le désordre permanent des jouets et cartons dans la chambre des enfants.

Face aux critiques de mon conjoint sur la vaisselle sale, je ne sais plus que répondre sans le provoquer. Quand je lui ai demandé une fois ce qu'il aime le plus dans la vie, il a répondu « l'ordre et la propreté ». Dormons, parfois, cela vaut mieux.

Avril, le plus beau mois de l'année

Cette année aussi, il semblerait que ça commence bien. Nous avons déménagé dans un nouvel appartement, plus neuf et dans un quartier plus beau. Fina a enfin pu être inscrite en Kindergarden (jardin d'enfants). Le temps est plus doux, les fleurs printanières sont sorties, les promenades sont plus agréables, etc. Mais malgré ces embellies, je me fais encore beaucoup de reproches.

Les voici :

1. Je suis si peu organisée que ma cuisine est presque tout le temps encombrée de vaisselle sale. Je cuisine tard le soir, on dîne vers 21H30 ! Le matin, au petit déjeuner, je rouspète aux oreilles de mon mari. Je répète que laver la vaisselle dès le petit matin, je déteste ça. Je me suis toujours ou presque retrouvée à table, au petit déjeuner avec tout ce qu'il faut déjà servi. Tout mon plaisir disparaît quand je finis enfin vaisselle et pancakes et que je m'assois, contrariée pour boire un café chocolat en trois minutes alors que je viens de passer dix fois plus de temps à nettoyer et cuisiner. Et de plus, sans le plaisir de tartiner du fromage, du beurre ou du chocolat, car de beurre, je ne trouve que du salé dans les supermarchés. Un seul est doux mais il est aromatisé à je ne sais quel parfum qui me déplaît. Le fromage frais, c'est pour l'instant indisponible, faute de frigo. On attend de réceptionner le nouveau frigo. Le chocolat à tartiner, il y en a, c'est vrai, et je devrais juste en acheter. J'en viens aux achats.

2. Les sorties intempestives au supermarché et les sorties partout ailleurs, en général : neuf fois sur dix, je suis flanquée de Bébé ou de Fina ou des deux. Parfois, je suis seule, mais alors je ne suis pas plus tranquille, car je me dis « et si Bébé se réveille ? Est-ce que Dom saura la gérer ? Et le pater familias ? Pourra-t-il changer Bébé proprement, ne l'ayant jamais fait ? ». Bref, ce n'est jamais zen quand je sors, et dans tous les cas, je me dis que je ne dois pas traîner.

Quand les filles m'accompagnent, je ne dois pas traîner non plus, car pleurs de Bébé, réclamation de la tétée au sein avec force cris et biberon jeté, me mettent une pression pénible. La distance de chez moi au centre commercial est grande, je ne peux me résoudre à la voir hurler sans rien tenter. Surtout qu'elle a trouvé le moyen de se sortir des sangles et se mettre debout en équilibre précaire. Me forçant à m'arrêter. Si nous sommes en pleine rue, je la remets à sa place en resserrant les sangles et après je cours pour rentrer plus vite et abréger ma souffrance et sa colère ou, si nous sommes toujours dans le *mall*, je lui concède une tétée d'urgence, la chose se passe alors dans les toilettes des stations[5], enfermées dans un petit coin avec des urines et des cacas comme voisins[6].

« *The matrix has you, Nina* »[7]. L'univers dans lequel tu es tombée a des apparences de dystopie. Parce qu'il n'y a rien à espérer lorsque le système est ainsi établi qu'au Japon, ni bonnes, ni crèches publiques en nombre suffisant, ni crèches privées abordables, ne permettent à la mère de se détacher de son enfant.

---

[5] Au Japon, les centres commerciaux sont le plus souvent érigés au-dessus des stations de métro.

[6] Ceci dit, les toilettes japonaises sont très bien aseptisées, équipées en série de chaises ''washlet'' avec lunettes chauffantes, musique, jet d'eau vous lavant d'un clic! Espace tétée découvert avec soulagement dans certains lieux.

[7] "Wake up Neo. The matrix has you…", passage du film culte *The Matrix* des sœurs Wachowski, où le héros est pris dans un monde tronqué, déshumanisé par des machines.

De se permettre un peu de légèreté. Celles qui ont la chance d'habiter non loin de leurs mères se font aider par ces dernières. Une Japonaise m'a confié avoir failli devenir folle avec ce rythme. Ce maternage forcé permanent est terrible. Même en train de faire de la friture, Bébé pleure, rôde autour de moi et cherche à téter. Je l'allaite debout devant la poêle, elle debout sur une chaise, pour atteindre le sein. C'est de la folie. Seulement, si j'arrête tout pour m'asseoir l'allaiter convenablement, toute l'huile va être absorbée pendant ce laps de temps. Et je risquerais, une fois assise, de me remettre à paresser, car, quand j'entame une tâche qui tire en longueur, elle finit par m'exaspérer. Pour me consoler, je visualise le retour anticipé à Dakar où en principe m'attend une bonne qui enfin me relayera. Un retour perdant.

3. L'erreur d'être venue au Japon. Oui. Il faut peut-être l'admettre. C'était une fausse bonne idée. Le fait est que, six kilos de perdus en six mois donnent bien le ton de la fatigue que j'ai endurée ici. Je ne dirais pas que je n'étais pas fatiguée à Dakar mais j'allaitais moins car les bonnes savaient nourrir Bébé au biberon et aux céréales infantiles, ce que j'ai essayé en vain ici. Je mangeais mieux, car une autre endossait la - ô lourde tâche - de faire le ménage, le marché, la cuisine, la foutue vaisselle. Maintenant que je dois m'acquitter de toutes ces corvées avant de pouvoir enfin m'asseoir et manger, je n'ai plus l'appétit au moment fatidique. Je ne peux apparemment bien manger que lorsque la cuisine est faite par une autre personne. En voyage en France, durant quelques mois, j'ai fait avec plaisir la cuisine et tout le ménage mais j'étais plus fraîche peut-être et surtout le froid ne me freinait pas. C'était durant le printemps et l'été, or ici, j'ai tâté de l'hiver et rien ne m'engourdit autant. Et surtout, surtout, j'étais libre de l'obligation de surveiller et d'allaiter, presque en permanence, une mignonne petite poupée. Tout le temps que j'écris, elle valse entre mes seins pour téter et s'en retourne à ses jeux. Elle a la couche pleine. Je reviens... C'est fait.

Je disais donc que le Japon est une expérience ratée. Jamais je n'ai autant râlé, manqué de repos et de perspectives. Aussi, l'idée de rentrer me soulage, mais rien qu'un peu.

Si j'ai hâte que cesse le casse-tête japonais, paradoxalement, je n'ai pas hâte de rentrer. Car malgré tout, ici à Osaka, si je n'ai pas d'argent, je n'en ai pas besoin, au fond. Je ne cherche pas à paraître sous mon meilleur jour, puisque, après la tentative infructueuse de l'aloès, mon rôle était de me limiter à être une *shufu* (mère au foyer en japonais), comme la majorité des Japonaises. Dans une autre réalité, j'étais une femme qui gagnait sa vie, envoyait de l'argent à sa mère, conduisait sa propre voiture, s'achetait des sacs et des bijoux et des chaussures à talons hauts et s'habillait en tenue de ville. Je ne peux me permettre d'être nostalgique mais je ne peux me contenter d'être chômeuse à Dakar. J'ai la conviction ontologique que ma vie active reprendra Où ? Comment ? Quand ? Âpre combat en vue. La chance devra me sourire à nouveau. Chaque jour que je passerai au chômage sera un point en moins sur mon curriculum vitae à l'arrêt depuis un moment.

Je repartirai au Sénégal déçue, puisque je n'y ai plus de ressources financières. Plus de travail, plus de voiture. Amère, j'aurais dû écouter mon père et zapper le Japon.

Le mois de juin et la loi des séries

Voilà bien quinze ans que je l'ai noté : ce mois concentre ce qu'il y a de plus négatif dans ma vie. Cette année ne fait pas exception.

2015 en lui-même a mal débuté : en pleine galère japonaise. Jamais mon rôle de mère ne m'a autant pesé. Si certaines aiment s'occuper de leurs enfants, de leurs courses, de leur ménage, du linge, du repassage, de la vaisselle, et bien pas moi. Ça me tape sur le système ! J'ai fondu à un point que mon père ne me reconnaît pas sur une photo que je lui ai envoyée récemment et où je fais plus fillette que femme.

Pourtant, l'autosuggestion marche assez bien. Quand je me dis "tout va bien", "rien n'a de sens en dehors du sens qu'on lui donne", je me sens bien. Mais, est-on juge de sa propre bonne santé, physique et mentale ? C'est trompeur je crois, de se juger soi-même. Le regard des autres, on a beau objecter, est plutôt révélateur. C'est ce qui me fait peur. Je veux bien présenter à Dakar, pour refréner les remarques du genre "comme tu as maigri". Je veux bien présenter car ma mère sera malheureuse de me voir débarquer amaigrie, sans le sou, sans cadeaux de retour, sans perspectives immédiates. Je veux bien présenter car j'étais en bon état général en quittant Dakar. Cette vie de bonne femme sans ressources, que j'endure depuis mon arrivée ici, je ne saurais pas la maquiller en vie agréable. Vivre dans un pays riche n'est pas gage de prospérité. Non, ce n'était pas agréable, mais au moins, je suis en bonne santé, ce qui me permet d'assurer auprès des miens.

C'est le plus important. Quoique, j'ai été malade une fois, et ce fut encore une épreuve inédite.

Ce n'est rien de le préciser, les Japonais sont vraiment propres, jeunes comme vieux, cadres comme ouvriers. À l'entrée de toutes les demeures (et même des écoles) japonaises sont alignées des chaussures d'intérieur à troquer impérativement contre les chaussures avec lesquelles on a marché dehors. Ils ne rigolent pas avec la saleté. Or, quand j'ai débarqué au pays du soleil levant, Ebola faisait rage et un cas, isolé, d'infection avait semé la panique à Dakar, mais cela ne faisait pas du Sénégal un pays à risque. A l'aéroport de Kansai Airport, des affiches énumérant les pays touchés indiquaient aux passagers en provenance de ces dits pays de se soumettre à un examen supplémentaire. Ce ne fut pas mon cas, néanmoins, je couvais quelque chose. Dès le lendemain de mon arrivée, ma gorge était irritée, je crachotais, j'avais des maux de tête, je somnolais à toute heure, j'étais d'humeur méchante et je me sentais extrêmement épuisée. Je n'ai pas eu droit au repos pour autant ; formalités administratives obligatoires à la mairie dès le lendemain, enfants à surveiller avec le mobilier précieux de nos hôtes, courses commencées sans transition, irritabilité de Bébé qui me réveillait et pleurait beaucoup la nuit à cause du décalage horaire. C'était probablement une angine, j'avais de la fièvre et j'ai dit innocemment à mon chéri qu'il me faudrait voir un médecin. Il s'y est opposé, arguant que je serai mise en quarantaine immédiatement, vu le contexte Ebola et l'hygiénisme japonais. Il n'avait sûrement pas tort. Cette perspective d'être coupée de Bébé, que j'allaitais et qui refusait presque tout le reste, me stressa sérieusement. J'ai dû me résoudre à guérir par la grâce divine. Même à nos hôtes, je devais cacher mon état. Ils ont dû me trouver distante parfois, à remonter tout le temps dans ma chambre, non seulement je devais allaiter hors leur vue, et Dieu sait que j'allaitais à tour de bras, mais aussi, je tentais de me reposer dans ma chambre quand Bébé dormait et ça ne suffisait même pas. Je n'ai pris que des effervescents contre les maux de tête. Pendant dix jours, j'ai refoulé cette maladie, merci au pouvoir d'autoguérison du corps. Moi, épouse de médecin, accueillie avec des égards quand je me rendais en consultation auprès de ses collègues, voilà à quoi j'en étais réduite. Qui n'a pas été hors de son cocon ne peut pas imaginer les malheurs que l'on peut vivre en pays étranger.

Cette entrée en matière ne m'avait pas découragée, au lieu de capter ce que mon intuition me lançait comme signaux d'alarme, je campais sur mes bases optimistes. Si la vie nous était contée !

Je veux redevenir comme j'étais (si tant est que quelqu'un y soit jamais arrivé), je veux reprendre forme car je vais me mettre à la recherche d'un emploi, de retour au bercail, et nul ne veut recruter une miséreuse d'apparence. Je ne sais pas tricher sur la vie que je mène. Vivoter dignement, je ne connais pas. Quand je vais mal, mon ton et mes yeux l'expriment, mes clavicules aussi. Quand je reviendrai à mon poids normal, rien n'y paraîtra plus, enfin je l'espère. En ce mois, je modère mon optimisme. Que sais-je de l'avenir ? Je sais qu'il faudra, a minima, se refaire une santé physique et financière car le Japon, malgré que nous y avons vécu sur le fil du rasoir, a vidé nos comptes respectifs. Tout ça pour ça.

Le bouquet final, c'était hier ! J'étais au pire de mon mal-être. A tourner en rond avec Fina, dans un grand parc à la recherche de mon amie qui m'y avait donné rendez-vous. J'avais acheté en chemin le déjeuner des filles, elle venait avec sa fille qui a le même âge que la mienne. Et elle devait amener notre déjeuner, des sushis, dont je raffole. J'étais arrivée au point de rendez-vous, en retard de cinq minutes, ce qui est un grand retard au Japon. Je ne la retrouvais nulle part et faute d'avoir pris mon portable, je ne pouvais la joindre. Ledit portable, j'ai commis l'erreur de ne pas l'avoir rechargé, comme je l'ai constaté juste avant de sortir.

Lorsque je suis rentrée du parc bredouille, des heures après, mais avec le sourire aux lèvres car "l'humour est la politesse du désespoir", chéri m'a asséné un "c'est inadmissible" sec, sans écouter mon explication sur le fait que sans téléphone, je ne pouvais pas la localiser dans ce parc immense. Que je puisse louper un rendez-vous m'ayant coûté, en transport et en restaurant, de précieux Yen, ne le faisait pas rire. Ma sortie devait aussi être l'occasion de récupérer une nouvelle poussette fonctionnelle, que m'offrait mon amie. Celle que j'ai emmenée de Dakar ne ferme plus, or c'est impératif pour qu'elle soit rangée dans l'avion. Je me souviens, neuf mois en arrière, avec quelle facilité j'ai payé, sur mes fonds propres, le prix de la poussette d'alors, parfaitement fonctionnelle. Aujourd'hui, il faut que je coure, la faim au ventre, après ma seule amie, qui a bien voulu me donner en cadeau sa poussette inutilisée. Ah là là, le Japon m'aura diminuée dans tous les sens du terme. Ma confiance en moi était forte au départ de Dakar et, chemin faisant au Japon, elle n'a fait que baisser. Comment me retaper ?

Je sens que je vais détester le souvenir de ce beau pays où nous fûmes pourtant accueillis à bras ouverts.

Il a pris cher, Chéri

J'en ai gros sur le cœur. Je pense trop aux tristes aspects de ma vie actuelle. Cela me fait du bien de l'écrire. Verbalement, il y a quelqu'un qui s'en passerait bien : Monsieur mon mari. Il estime que je me plains sans arrêt. Lui, il assume, c'est tout. Il se rend compte que les conditions ne sont pas bonnes, donc nous devons repartir et il a raison. Je suis solidaire, comme il se doit. Toutefois, pour ne pas avoir compris que les filles n'auraient pas droit à une place en crèche et une école maternelle et m'en avertir avant que je décide de venir, je lui en ai voulu. Il a fallu que je sois déjà au beau milieu du Japon, pour m'entendre annoncer qu'il faudra patienter six mois pour une place à l'école maternelle pour Fina et ne point espérer de place en crèche publique pour Bébé, tant que je ne serai pas employée ou étudiante à raison de quatre jours par semaine et quatre heures par jour minimum. Exclu le travail de distributrice indépendante de produits X. Un vrai travail s'entend. Une utopie pour une *gaijin* (étrangère) ne parlant pas japonais. Travailler dans la restauration comme l'autre sénégalaise de Kawasaki, qui me disait n'avoir guère besoin de savoir discuter dans ce métier, est hors de propos. Je n'ai pas de travail, je n'ai pas d'excuses. Je dois me coltiner les deux fillettes 24h/24 sans bonne sans personne. J'ai dû m'y résoudre, de mauvais gré. J'ai maugréé matin et soir. Je me suis plainte à lui tous les jours. Je lui ai seriné que trimballer les enfants partout, par tous les temps, sauf les rares fois où je les ai laissés à la coûteuse nursery privée que mon amie japonaise m'avait dénichée, m'énervait. J'ai perdu mes rondes joues à ce rythme, jamais enduré auparavant. Je me suis sentie fatiguée à l'extrême. Dépitée par ce pays de femmes instruites mais emmurées dans la maternité. Je n'étais pas venue pour ça. J'ai souffert ici. Je ne lui en ai rien épargné même si, parfois, vainement, j'ai essayé. Pour m'avoir supportée calmement, il a du mérite.

J'aurais aimé m'épancher ailleurs, mais il n'y a que lui. Mes amies, mes confidentes du Sénégal, je suis trop décalée dans le temps pour les appeler. Je n'ai eu qu'une seule amie ici, vu ma vie limitée, la barrière de la langue et le fait de savoir que je ne suis, finalement, que de passage. De plus, la dignité des Japonais, qui confine au stoïcisme, fait que s'apitoyer sur son sort y est mal vu. Par réciprocité, je m'en abstiens devant cette amie. Par ailleurs, si j'avais voulu râler en sa présence, j'aurais dû y mettre tellement de formes que le message aurait été édulcoré. Je n'ai pas l'art d'utiliser les circonvolutions. Elle-même a dû affronter des problèmes médicaux dont elle ne m'a parlé qu'avec réticence. Plus d'une fois je l'ai constaté : les Japonais ne s'étendent pas sur leurs maux. Ils sont faits d'un genre de matériau peu friable. Lire le « *Hagakure* »[8] renseigne bien sur cette idéologie. A l'image des Samouraïs, qui ont certes fait leur temps et laissé place à un peuple des plus pacifistes, les Japonais sont remarquablement combatifs. Pays de contrastes, décidément.

Pays où je me sens perdue, même plus reliée à mes parents, que j'appelle peu. Ma mère a beau être très compatissante, ne cesser de prier pour moi, comme pour chacun de ses enfants, et m'envoyer des messages d'encouragement très tendres, je ne veux pas l'angoisser davantage, tandis que mon père lui, il s'était opposé à ce que je vienne, forcément, je ne peux me plaindre auprès de lui. Pourtant mes parents ont toujours été mes soutiens privilégiés. Sans eux, à qui parler ? A une feuille, pardi ! Aucun jugement ne sera émis par ce réceptacle, qui est d'une parfaite neutralité.

---

[8] « La voie du Samouraï », texte célèbre, datant du 17éme siècle et énumérant, entre autres, les attitudes placides à adopter par les Samouraïs.

C'est le jugement qui fatigue, celui des autres, mais surtout mon propre jugement sur moi-même. Cela dit, je me pardonne assez vite.

La leçon du Japon

Qu'est-ce que je suis venue faire là ? Revenons à l'idée de base. Le but de ma venue au Japon, c'était le regroupement familial. Au départ, on s'était dit qu'on allait rester toute la durée de la formation de mon mari. Voilà que nous devons repartir au bout de quelques mois. Que s'est-il passé ? Entre autres raisons, mais c'est la principale, il me semble que j'ai sous-estimé l'ampleur du travail à fournir pour amortir le choc des cultures. Tout ce qui précède constitue plus qu'un faisceau d'indices : Osaka n'est pas Dakar. La vitesse d'adaptation est une grande inconnue et vivre à l'étranger est bien souvent un pari risqué. D'autres déconvenues, dont je ferai l'économie, ponctuent notre existence au Japon (factures d'électricité, de téléphone, de gaz, d'eau, caution, loyers, nourriture : un amas de charges devenues disproportionnées aux moyens du bord). C'était gérable pendant quelques temps mais invivable à long terme.

Je n'idéalisais rien en arrivant, j'acceptais le fait de vivre moins à l'aise qu'à Dakar comme une pause exotique, un retour à la simplicité. Ironie du sort, ce fut trop compliqué pour moi de vivre simplement. J'ai besoin d'un certain genre de complications, au demeurant très différentes de celles que j'ai dû affronter. Lesquelles complications saines sont : A. La nécessité d'une activité intellectuelle. B. La nécessité d'une vie sociale en dehors de la famille nucléaire. Pour le coup, j'ai appris cette leçon : je ne m'amuserai plus à me passer ni de l'un ni de l'autre.

Elle se situe là ma zone de confort. En être sortie n'a pas du tout renforcé ma confiance en moi. C'est de la supercherie cette théorie en vogue qui dit le contraire ! Ou, je n'ai rien compris au concept. C'est un sport d'endurance pour ceux qui savent suer sang et eaux dans l'attente d'une hypothétique victoire. On peut affirmer que c'est aller à l'aventure, que ce que j'ai fait. Et pourtant, rien de nouveau sous le ciel. Je n'ai ni appris le japonais (hiragana et katakana lus et écrits mais sans intérêt[9]) ni ajouté quelques compétences à mon cv. Je conçois que le CV n'est pas le seul compteur d'une vie, mais il compte pour gagner sa vie.

Voyons ce que je peux, tout de même, sauver du naufrage nippon, car bien sûr, il y a de ces choses je ne reverrai plus au Sénégal :

✓ Les retrouvailles avec le vélo que je n'avais plus pratiqué depuis mes quinze ans ;
✓ Les *Big Max* (je suis écolo ouverte à la malbouffe occasionnelle), l'antithèse parfaite de ma cuisine. Je loue le ciel en m'attablant chez *Mac Dorad* : un hamburger chaud, goûteux, rassasiant, peu cher, avec zéro attente, zéro vaisselle. Des enfants qui acceptent enfin de manger autre chose que ma cuisine et me lâchent un peu, grâce aux jouets offerts dans leur menu. Mais quel miracle !
✓ Savoir écouter mon interlocuteur jusqu'au bout sans l'interrompre, comme font les Japonais ;
✓ S'atteler à être autosuffisant comme le réussissent merveilleusement les Japonais ;
✓ L'émerveillement de Dom et Fina dans ce pays, fabuleux à leurs yeux ;

---

[9] L'écriture japonaise mélange des caractères formés à partir des deux alphabets simples hiragana et katakana avec les kandjis qui sont des idéogrammes complexes, à mémoriser au fil de sa scolarité. Ces derniers sont majoritairement usités, si bien qu'il est pratiquement impossible d'écrire et surtout de lire sans les maîtriser.

- ✓ Le scintillement du quartier Electro-Pop Rock de Namba, la féerie de son Parks Garden serpentant ;
- ✓ L'achalandage et le mouvement des foules du marché de Shin sai bashi ;
- ✓ La saveur de la glace au thé vert ;
- ✓ La délicatesse délicieuse des sushis et de la cuisine japonaise dans son ensemble.

Voilà. Je dois ajouter aussi qu'au sortir d'une telle expérience, je suis, à tout jamais, nimbée d'humilité. Maintenant, je ne souhaite plus que reconstruire ma zone de confort et ne plus en sortir. En consciencieuse mère de famille, qui a définitivement perdu le goût du risque. Déjà, comme le préconise mon père, je dois retourner auprès de ma mère, me faire remplumer. Un adage connu au Sénégal dit : celui qui ne sait où il va doit retourner d'où il vient.

Petit encart touristique

Vous ai-je dit qu'Osaka est belle ? Elle l'est. Elle l'est tellement, qu'il n'y a pas de poubelle dans le paysage. Les rues sont nettes, arborées de part et d'autre. Le souci esthétique est partout présent dans l'aménagement urbain. Et rendre belle une poubelle est un défi que les Japonais n'ont pas tenté de relever. Ils ont simplement éliminé du cadre l'ennemi public numéro un : la saleté. Comment peuvent-ils produire des déchets, comme nous tous, et les rendre invisibles ? A Ashiya, beau quartier de la ville de Kobe, sont érigés de discrets petits murets, qui passent inaperçus entre les imposantes maisons aux jardins semés d'arbres taillés en formes arrondies et aux devantures ornées de bonzaïs mignons et raffinés. Ces petits espaces sont là pour accueillir, les jours de collecte, les sacs poubelles. Lesquels sont emmaillotés dans un filet assez opaque qui cache ce qui se trouve en dessous. Le temps que ces déchets passeront là est très court. Il fallait les sortir avant huit heures trente du matin, les éboueurs passaient cinq minutes après. L'endroit redevenait vide et propre, le reste de la journée. Si bien que, pour apercevoir ces petits tas bien camouflés, il fallait être du quartier. Les passants auront toujours le plaisir de traverser des rues propres sans grosse benne à ordures couleur vert sale. Exception faite des ensembles immobiliers à étages, où l'on verra plutôt des locaux construits en dur avec des portes grillagées, fermées à clefs les jours hors ramassage. Bien cachés, le plus souvent situés à l'arrière des immeubles, ils ne sont que rarement construits en bordure de route. Prière de se plier à la discipline dans le triage de rigueur placardée à l'intérieur desdits locaux. Jamais je n'ai trouvé de cartons dans le local « verres et canettes » ni de restes alimentaires dans le local « papiers et cartons ».

Dans le centre-ville, à Umeda, malgré le grand nombre de bouis-bouis, de restaurants et de piétons, aucun détritus, aucune corbeille publique. Personnellement, je gardais dans le rangement de la poussette les sachets vides et autres mouchoirs usagés des enfants, jusqu'au retour. On s'y habitue assez vite. Pour faire vraiment japonais, ayez aussi dans votre sac votre « *hankachi* », petite serviette en tissu que tous les insulaires emportent par-devers eux. C'est un must en cas de moiteur. Et un plaisir lorsque, par une soirée fraîche, épuisé d'avoir arpenté le Osaka Aquarium ou *Kaiyukan* et de s'être extasié à volonté sur la vue depuis la grande roue *Tempozan*, vous voudrez dîner indien dans un restaurant qui ne paye pas de mine, et que le serveur vous dépose une surprenante serviette chaude et humide élégamment roulée. En vous demandant s'il faut vous la passer sur le visage ou vous en servir pour vous essuyer les mains, vous vous sentirez dans tous les cas dans une quatrième dimension agréablement japonaise. Je n'ai jamais été dans les *Onsen*, ces bains chauds traditionnels mais j'en ai eu un avant-goût avec ces *Oshibori*, ces petites serviettes chaudes que j'ai revues plusieurs fois par suite.

Bizarrement, il n'y a pas de corbeilles où les jeter et malgré cela, devant les sorties des métros, dans les taxis et dans les rues passantes, de petits paquets de mouchoirs vous seront généreusement offerts. C'est sympa comme tout, même si vous ne comprenez rien aux messages publicitaires inscrits sur les paquets cadeaux. C'est comme pour ces amicales jeunes femmes debout aux abords des écoles le matin pour vous saluer, avec une petite inclinaison en avant de la tête, d'un « *Ohayyo gozaïmass* ! », tout sourire. Bonne matinée, en français.

Le calme ajoute à la beauté esthétique, une paix acoustique. Coups de klaxons, motos pétaradantes, voitures vrombissantes sont inexistants. La classe japonaise, ce sont de vieux chauffeurs de taxi silencieux avec des gants blancs et des sièges revêtus de dentelle façon limousine ; d'autres conduisant des Ferrari, Jaguar et Mercedes dernier cri sans le moindre air hautain. J'aimais aussi voir les rames du monorail, un métro urbain surélevé, pareilles à de grosses chenilles voler par-dessus nos têtes, presque en silence. L'éradication des nuisances sonores est tellement bien pensée que les autoroutes ont été entourées de hauts paravents incurvés assez futuristes pour protéger les riverains du bruit ! C'est le genre de choses dont on ne soupçonne pas l'existence avant de les avoir vues. Le Japon est champion dans cette catégorie, c'est subjectif, bien sûr. Mais je doute que dans beaucoup de pays, on fasse passer une autoroute à l'intérieur d'un immeuble. A Osaka, vous pourrez admirer ce travail de génie au Gate Tower Building.

Comment ne pas parler également de l'aéroport de Kansai International Airport ? Les avions atterrissent sur la mer, pour ainsi dire. L'aéroport est une île artificielle. Des contraintes peuvent naître des merveilles. Le Japon manque d'espace, les montagnes y sont plus nombreuses que les plaines alors la précieuse terre plate, on la fait émerger des océans. La piste d'atterrissage, qui doit être ténue, je ne l'ai pas vue de mon hublot. Je ne voyais que la mer et je sentais que l'on touchait terre. Une sensation inquiétante mais unique. Je n'ai pu admirer la magnificence de la structure de l'aéroport car je ne quittais pas des yeux mes deux petits enfants auxquels j'aurais voulu mettre des menottes aux poignets pour les accrocher aux manches droite et gauche de la poussette de Bébé. Pour les tenir tous les trois, je me concentrais autant qu'un candidat passant une épreuve de concours. Mais, j'ai bien ressenti que cet aéroport donnait le tournis par son gigantisme et pouvait faire le bonheur des touristes.

Bref, Osaka vaut le coup d'œil. C'est à la veille de mon départ que je me repasse le film de ce cadre de vie enchanteur. Contrariée, ma vie ici l'a été. Je séparerais toutefois mon état d'esprit déprimé, de ce qui fait le Japon d'aujourd'hui : un charme indéniable entre high-tech et conservatisme. Dépaysant, ce pays l'est. Il ne laissera indifférentes que les personnes blasées.

Mais moi, je dois quitter ce monde qui n'est pas le mien, je suis partie. Partie, déboussolée, comme dans la ballade mélancolique de l'excellent Souleymane Faye, « *Neko Demra* », dites-lui que je suis partie.

DAKAR

Voyager c'est bien, rentrer c'est mieux

Je suis rentrée au Sénégal depuis un mois. Ouf ! Je revis. Ma vie m'a été rendue, voilà ce que j'ai dit à mon mari, dès mon arrivée. Maintenant le quotidien normal a repris. Je prends le temps quand je mange. Je me repose. Je me retrouve. Quelle joie ! J'ai une bonne à nouveau, la même, je ne fais plus la cuisine matin-midi-soir. J'ai la liberté d'aller et venir sans aucun enfant. Je vois du monde, mes amis m'appellent, passent me voir sans que ce soit chronométré. J'ai sevré Bébé sans prise de tête, en la laissant à ma bonne. Je suis partie avec les deux grands, chez ma mère, une semaine durant. Impensable, si j'étais encore au Japon. Dieu merci infiniment. Je recommence à prier, à aller au yoga, à chercher à élever ma conscience, à dormir des nuits entières, à me coucher sans grosse fatigue nerveuse le soir. Je me retrouve dans ce quotidien où la bonne prépare à manger, fait le ménage, le linge et la vaisselle. Cela me décharge de façon spectaculaire.

Aucune incursion dans la cuisine en semaine, la bonne fait ce qu'il faut, et elle le fait bien, tellement mieux que moi. C'est formidable quand elle dépose le repas et que je le savoure sans m'être fatiguée à le préparer. C'est un plaisir de rentrer et sentir dès le seuil de sa porte le fumet enivrant d'un bon riz au poisson. Poulo, ma tanti, venue passer quelques jours à la maison, me prépare le thé à la menthe, me fait rire avec ses histoires et me donne un coup de main avec les enfants. Je ne m'énerve plus, à de rares exceptions près.

La douceur de vivre, comme je l'aime. Je n'ai pas une garantie de retrouver mon ancien job ou un autre mais déjà, avec ce que j'ai retrouvé : famille, amis, bonne, repères, religion, je m'estime heureuse. Tout ce qui s'y ajouterait ne serait que pure largesse de Dieu. En ce moment précis, j'ai tout ce qu'il me faut : la sérénité.

Plus jamais je ne me laisserai entraîner à l'étranger, dans une existence de femme au foyer râleuse, rivée aux fourneaux et la vaisselle sale qui traîne. Vie invivable vraiment.

A présent, je peux me permettre de songer à retrouver du travail, à me faire coiffer à moindre coût, à sortir sans poussette et compagnie, à prendre soin de moi, l'esprit tranquille, ma bonne à la maison, gardant les enfants. Ah quel luxe, la présence d'une bonne ! Merci mon Dieu pour ce privilège sans prix.

Seul bémol, mon chéri est loin de moi. Il est loin de ses enfants. J'espère qu'il tiendra le coup, qu'il sera satisfait de sa vie là-bas.

Ça recommence

J'analyse à froid maintenant. Ce ne sont plus les impressions à chaud rédigées au cœur de la dure vie japonaise.

C'est un bras de fer qui ne dit pas son nom. Une guerre froide. On évite de parler du sujet frontalement car cela dégénère à chaque fois. Est-ce que cette stratégie d'évitement va nous mener à la réconciliation ? J'en doute, mais elle tue le temps jusqu'au dénouement final. Je dois tenir ma position car elle est définitive. Quand je repense à ce que serait notre vie là-bas, je ne vois rien d'agréable : ma solitude bis repetita. Ici aussi les disputes et incompréhensions peuvent aussi se reproduire avec lui, mais au moins il y a de l'intercession, de la vie, des amis, de la belle famille, une bonne, plein de petits détails agréables formant un contrepoids. Des détails essentiels qui m'empêchent d'être seule en face de moi-même, aux prises avec mes pulsions destructrices, genres : ne pas dormir tôt, lire trop, regarder des films à la chaîne. Laver la vaisselle et maugréer, faire la cuisine quand je suis fatiguée, sortir faire les courses en laissant les enfants seuls ou les traînant avec moi et tout le tralala. J'ai besoin de n'être pas seule pour être équilibrée. Je crois que c'est clair maintenant qu'à l'étranger, je ne serai pas du tout épanouie comme ici.

Ne pas travailler, ne pas voir des gens ou échanger avec des adultes. Ne pas pouvoir se rendre utile à ses parents financièrement. Ne pas me coiffer, encore moins me maquiller. Être négligée car, ayant l'habitude de ne me faire belle qu'en partant travailler ou pour sortir, je me laisse aller à des tenues sans classe à domicile. Ne plus supporter la comparaison avec les

« femmes actives » qu'il croisera dehors, des femmes bien habillées, maquillées, bien chaussées, parfumées. Et en comparaison, moi, il m'appréciera comment, avec une coiffure informe, mes cheveux crépus sans tresses, en débardeur quelconque, en pantoufles, pas soignée, pas souriante, pas lavée, avec mes plaintes, des litanies qui l'insupportent ? Il me renverra la balle, en n'étant pas tendre, lui non plus.

Il aurait fallu que je sois du genre à pouvoir me faire belle et l'attendre sagement à la maison ; à me faire belle et passer l'aspirateur ; à me faire belle et faire la vaisselle. Et à me passer de réflexions sur ma condition de femme au foyer. Vous savez bien que je suis tout le contraire.

Je n'ai vu aucune incompatibilité entre s'occuper de ses enfants scrupuleusement comme ma mère et mon père l'ont fait, et exercer une profession en parallèle. Peut-être qu'ils étaient plus disponibles pour nous, du fait de leurs activités libérales ? Peut-être que la souplesse du milieu professionnel africain permet ce que la grande rigidité professionnelle japonaise voire occidentale rend difficile ? Je n'ai plus de souvenirs de l'époque où mes parents étaient salariés, comme tout le monde, je suppose qu'ils ont dû avoir leur dose de stress, mais ils ont, de tout temps, assuré auprès de leurs enfants. La vie d'aujourd'hui recèle-t-elle de tant de contingences que l'on ne puisse plus faire aussi bien que ses parents ? Je crains que oui.

Il n'empêche, je ne peux absolument pas enchaîner sans but les repas, les lessives, les repassages, sans assimiler cela à du travail gratuit. Quand bien même j'aurais balayé du revers de la main toute idée d'être payée, comme je l'ai admis d'entrée de jeu. C'est dans ma nature de jouer celle qui ne veut pas comprendre.

Je n'ignore pas que les enfants sont les principaux bénéficiaires de ces efforts et qu'ils y ont droit sans contrepartie aucune. Et je sais, d'autre part, que c'est une dette de naissance que l'on rembourse à travers ses propres enfants[10]. Mais si possible, ainsi que ma mère le faisait, je préfère laisser ces corvées à une professionnelle du ménage et de la cuisine, qui fera le nécessaire. Elle aura une mission bien délimitée. Elle, justement, peut mettre des tenues sans attrait car n'ayant pas un homme à charmer à la maison. Sa tâche est plus simple, je dirais. Cela me permet à moi de mener les activités qui me plaisent : travailler, gagner ma vie par moi-même, à l'instar de cette bonne, échanger avec d'autres personnes et progresser. Sans pesanteur, comme l'écrivait si justement Benoîte Groult dans *Ainsi soit-elle,* « Car un phénomène marque profondément l'existence des femmes : l'infiltration maligne des travaux domestiques dans tous les actes de leur vie ».

A ce sujet, on pourrait répondre que je ne fais que déplacer mon problème sur la tête de ma bonne qui fait le boulot-boulet à ma place. Oui, je délègue, est-ce prohibé ? Je n'ai pas trente-six choix. Si je ne fais pas ainsi, je n'aurais pas la maison ordonnée que l'on exige de moi. Du reste, être bonne n'est pas synonyme d'exploitation, même si ce métier est informel et relève de la pauvreté. Mon attitude est simple : ni condescendance ni mépris, mais du réalisme. Entre être pauvre et bonne ou nounou, et être pauvre et chômeuse, le bon sens ne tergiverse pas. Je crois que je n'abuse pas non plus de ma bonne avec qui je partage le même bol[11] et envers qui j'ai le souci premier de faciliter le travail. S'il y a une personne avec qui je m'entends à demi-mot, c'est elle. Le proverbe de Florian dit « Chacun son métier, les vaches seront bien gardées ». A bas le syncrétisme.

A vouloir incarner ce que l'on n'est point, on s'autodétruit. N'ai-je pas régressé en ne faisant que des choses que je ne savais

---

[10] « *Faye bohr* » boutade wolof qui dit qu'il faut à son tour trimer pour ses enfants en sorte de payer symboliquement le prêt reçu de ses propres parents qui firent de même lorsqu'on fut soi-même enfant.
[11] Plat unique autour duquel les membres de la famille s'installent pour prendre le repas. Manière de faire la plus fréquente au Sénégal.

pas parfaire ? En demeurant enfermée chez moi avec enfants et mari, sachant que je n'ai pas cette mentalité ? La précision est d'importance. Car d'autres personnes semblent aimer la vie de femme au foyer, qui leur apparaît agréable et suffisante, l'exemple typique des Japonaises dont le centre de gravité est la maison, tant que les enfants n'ont pas grandi.

Pourquoi je ne peux simplement pas être comme elles ? Cela m'aurait facilité la vie, au moins au Japon. Connais-toi toi-même, disait Socrate. Je commence à me connaître. Curieuse et ouverte sur l'extérieur (encore que vivre au Japon a calmé ma curiosité), je trouve réducteur ce mode de vie confiné. Comment elles font ces femmes qui n'ont besoin que des enfants et du mari ? Mon bonheur passe naturellement par eux mais ne s'y arrête pas, sinon je ne serai pas là, à écrire pour combler les vides que je ressens. Une précision, toutefois : je désapprouve le « féminisme conquérant » pour citer cette journaliste qui, face à un chef cuisinier français dans l'émission *On n'est pas couché* d'hier, affirmait qu'elle ne comprenait pas l'engouement des gens pour les livres de recettes et la cuisine car, elle ne savait, je cite : « absolument pas cuisiner ». C'est cela être une intello ? Je trouve que c'est excessif. Sérieusement, quand on n'est pas Madonna, on ne doit pas faire sa diva.

Je préfèrerais toujours une femme qui cherche à concilier traditions et modernité, qu'une femme qui y renonce ouvertement. Celles qui ne sacrifient rien à la tradition et celles qui ne s'en défont jamais sont pareilles.

Orgueilleusement peut-être, j'espérais devenir cette femme complète qui saurait, sans l'aide d'une bonne, faire de sa maison, de sa cuisine, de son humeur, de sa mise, une entité agréable et appréciable par son conjoint et ses enfants, tout en étant active intellectuellement. Je devais être sur un petit nuage, lorsque je me suis figurée que c'était jouable.

Je veux croire que ce n'est pas mission impossible, pour qui s'organise bien. Car il y a bien des femmes qui savent structurer savamment leur vie ménagère. Mais pas le reste.

Une de mes voisines, qui avait quatre enfants dont un bébé, donc à priori plus fatiguée que moi, ne courrait jamais comme moi. Elle semblait sereine, avec un sourire permanent. Cette femme devait bien s'organiser. Elle m'expliquait qu'elle faisait tous ses repas en quantité pour deux jours, tous ses achats en gros. Elle ne se fatiguait pas outre mesure. Elle disait que ses enfants ne juraient que par son curry, etc. Comme moi, ses fils ne mangeaient pas à la cantine scolaire et elle aussi devait préparer leurs plats à emporter tous les jours. Le hic, c'était qu'elle s'habillait invariablement en baskets et survêtement (elle n'était pas japonaise), à chaque fois que je la voyais. J'ai fini par lui demander pourquoi. « C'est plus confortable » m'avait-elle répondu. Hum… Bien, je lui accorde le bénéfice du doute. Je la croisais à l'extérieur, peut-être que chez elle, elle s'habillait mieux.

« Gomen nassaî Nihon » Pardon au Japon

Avec stupeur mais sans tremblements[12], je suis tombée sur un vieux papier datant de novembre 2008, ici à Dakar, le même discours, six ans auparavant : le Japon n'y était donc pour rien !

« Je suis très loin de mener la vie que j'aimerais mener. Des répétitions quotidiennes de séances télé étirées. La musique parfois efficacement agréable, des émissions souvent enrichissantes mais au bout du compte, toujours ce sentiment d'inutilité. Écrire au moins, c'est faire quelque chose de mes mains. Les travaux ménagers m'abîment, me fatiguent et sont impossibles à effectuer correctement avec Dom dans les pattes. Je suis affalée dans un fauteuil pendant que la bonne s'active à la cuisine et à la buanderie. Je l'envie secrètement. Elle bosse et mérite le salaire gagné à la fin du mois, aussi petit soit-il. Je ne fais que me contenter de ce que mon mari me donne. Je suis même de plus en plus gênée d'être dépendante comme ça, à cent pour cent.

Je devrais prendre des mesures concrètes. Je me dis que je n'aurais jamais dû négliger mon projet de thèse. Au moins cela m'aurait utilement occupée. Travailler dans la précarité n'a pas été agréable en plus. J'aurais dû me contenter de poursuivre mes recherches. Je ne discerne rien de mon avenir professionnel, au moment où certains de mes condisciples ont un bon poste et un plan de carrière. Je devrais m'inquiéter. Tout le but de mes études

---

[12] Clin d'œil à l'illustre Amélie Nothomb, auteure de « Stupeurs et tremblements » dont le personnage s'était frotté à la culture nippone avec des fortunes autrement plus désespérées.

était de m'insérer ensuite dans une branche donnée. Je ne pensais jamais comment précisément et voici que le futur est arrivé très vite, sans que j'aie un plan. Ma désinvolture involontaire me coûte cher. Il m'est très difficile de vaincre ces tares. J'ai besoin d'exhortation extérieure.

Je suis malade de mon immobilisme. Tout est source de paresse chez moi. Me laver, prier, laver mon fils, me fixer des objectifs, etc. La liste est longue. Sur ce point, je suis une antique Mauresque assise en tailleur, le plus clair de son temps. C'est nul et énervant. Ce non-rythme finira par me rendre obèse, médisante, hypertendue, chômeuse à vie, coépouse, parce que mon mari en aura marre de moi et ira marier une femme active pour changer. Mon Dieu, préserve-moi d'un destin si pathétique.

Ma présentation est plus négligée, mon intelligence incertaine, du moins, non utilisée à des fins lucratives. Est-ce le lot de toutes les femmes au foyer, de devenir petit à petit médiocres ?

Je me rends compte que j'exagère un peu dans ce que j'écris mais c'est le but du jeu. Après m'être défoulée sur ce qui ne va pas, en grossissant les traits, je me sens mieux dans la réalité que dans ce que je décris.

Qui pourra m'aider ? Me pousser comme une voiture en panne. Réparez-moi, je démarrerai au quart de tour et filerai sur la route en beauté. Je suis désolée de demander quelque chose que le commun des mortels n'est pas préparé à prodiguer : du coaching. C'était mon devoir, chacun devrait être son propre directeur de conscience. Je ne sais pas comment on fait pour s'imposer des actions. Je veux bien apprendre. ».

En tout cas, à partir de là, je me suis beaucoup cultivée en développement personnel. J'ai retrouvé du travail par la suite et j'avais classé ce papier pessimiste.

Il m'arrive d'écrire des choses positives, c'est une bonne disposition impossible à maintenir. J'écris pour décrier, je me relis, je garde au loin, de peur de passer (aux yeux de quels critiques, puisque c'était enfoui ?) pour une diseuse de mauvaise aventure. Je ne suis pas encore arrivée à comprendre comment je peux être aussi rieuse et positive dans mon commerce avec les autres et systématiquement critique sur le papier. Au fond, nous ne sommes que contradictions et contradictions.

C'est patent, depuis longtemps, je retourne et retourne mes objections à la vie rébarbative de femme au foyer. Inutile de se le cacher, c'est ancré en moi ce caractère. Je dois faire la paix avec, une bonne fois pour toutes.

Le Japon et sa candide phallocratie était un pays contre-indiqué dans mon cas. Candide, car les hommes y sont bien polis et sympathiques, malgré tout. J'ai avalé la pilule de ma féminité infirmante, mais on me l'a fait prendre enrobée de plusieurs couches de gentillesse. Il ne me revient pas d'occulter cette qualité qui est complètement absente d'autres types de sociétés au sexisme infamant.

J'ai essayé de faire comme si je pouvais combattre mon caractère, me plaire dans cette vie rangée des bureaux, échec et mat ! Mon naturel est revenu au galop et je n'ai pas le choix : il faut que je retrouve du travail pour que cet état cesse.

Travailler, travailler, travailler

En fin de compte, je reviens fatalement au travail comme mode d'épanouissement. A ce jour, rien d'autre ne fonctionne aussi bien contre le sentiment d'inutilité. Il y a plein de moments agréables lorsque l'on travaille hors de chez soi. Du moins, te fut mon cas. L'atout majeur était le découpage clair de la journée. Travailler le matin ; aller en pause ; travailler l'après-midi ; rentrer auprès de sa famille le soir. Cette délimitation nette disparaît dès que l'on devient femme au foyer.

J'éprouvais également un réel plaisir à me retrouver entre collègues, car il n'y avait pas que le travail proprement dit. Tant de blagues échangées dès le début de la journée et puis, encore et encore des mots taquins, des sourires, des tapes, des confidences, des encouragements, des critiques aussi, mais la vie en société n'est pas exempte d'exigences. D'autant qu'on est payé à la fin du mois, youpi !

Qu'offre en comparaison la vie de femme au foyer ? La compagnie intermittente des enfants, qui vivent dans leur monde à eux ? La compagnie encore plus intermittente de son mari ? Il s'en va travailler et ne vous emmène pas avec lui. En vérité, je me languis de mon chéri du matin au soir. Qu'est-ce que je fais quand il n'est pas là, en dehors des tâches culinaires et ménagères ? Il y a bien internet et les livres, je délaisse la télévision au fil des années.

Commençons par ordre de mérite : les livres. Je n'en aurai jamais assez de lire. Surmenage à l'horizon. Un ouvrage qui m'intéresse m'incite à le lire jusqu'à des heures tardives. Lorsque je travaillais, quelle que soit la qualité du texte, je lisais entre 6 heures du matin et 7 heures. C'était le seul créneau de libre. C'était peu, mais j'étais satisfaite de me discipliner de la sorte. Maintenant, à force de déborder, je dérègle mon cycle de sommeil et c'est mauvais. C'est peut-être pour cela que j'aime faire court lorsque j'écris. Il ne faut pas passer trop de temps dans ce qu'on aime. Pour deux raisons. La première : on risque d'être introverti, inattentif aux autres éléments qui nous entourent et à ceux qui nous attendent. Je cite en l'occurrence l'écriture, mais cela vaut pour le cinéma, le sport, la lecture, le travail, l'amour ou la religion. Cette inattention peut être très préjudiciable.

Un exemple : un soir, je me suis plongée dans la lecture d'un livre fort instructif, tant et si bien que mon plaisir de lire m'a fait commettre une erreur conséquente. Constatant la couche sale de la petite, j'ai interrompu ma lecture pour l'en débarrasser et la nettoyer fissa. J'ai repris ma lecture derechef. Lorsqu'il fut l'heure de se coucher, je remarquai de l'humidité sur la couverture de mon lit, sur laquelle elle avait sautillé. Cela ne m'a pas interpellée, je n'ai même pas allumé la lampe pour voir ce que c'était, seule la veilleuse éclairait. J'ai supposé qu'elle avait peut-être bavé, bizarre quand même, elle ne bave jamais. Seulement, la lecture de mon sacré bouquin m'appelait. J'ai pris sur mes genoux Bébé, pour une berceuse. Là encore, j'ai senti comme de l'eau sur son pantalon ; mais le livre exerçait férocement son emprise. Je ne relevais toujours pas. Plus tard, vers 3 heures du matin, Bébé qui dormait près de moi, ayant refusé de rester dans son berceau, me réveilla. Elle était toute mouillée, le drap aussi, le matelas aussi, la couverture aussi. Ah ! Là voilà, la cause de ces liquides que je n'arrivais pas à identifier : je ne lui ai pas remis une couche après sa toilette, tout à l'heure. Une première. C'était du propre ! Pour les belles lignes d'un énième livre, j'ai dû entreprendre le nettoyage compliqué d'un matelas très lourd, d'une couverture épaisse, pendant un long moment, sans compter que j'ai passé une partie de la nuit à culpabiliser et à chantonner pour Bébé qui n'arrivait pas à se rendormir. Autant dire que le lendemain, je n'ai pas regardé d'un bon œil mon bouquin. C'est la seconde raison de ne pas trop se laisser porter par la transe littéraire : il peut arriver que l'on déteste la chose adorée pour l'avoir aimée sans modération. Et le désamour c'est quand même dommage.

Aussi, chers lectrice ou lecteur, je vous inviterais à me refermer et ensuite à vérifier que tout est OK alentour… ^_^[13]

C'est si plaisant d'être posé, mesuré, attentif, n'est-ce pas ? Poursuivons.

Arrive ensuite la formidable toile. Tout y est et elle nous a tous phagocytés. Je crois qu'il est impossible à quelqu'un de curieux, de déprimer pour de vrai, tant qu'existera cette fenêtre. Pour ma part, passer des heures d'affilée sur internet, me rend presque heureuse. Presque, car il est probable, au gré des sites, de devoir encaisser dix mauvaises nouvelles pour une bonne nouvelle. Les médias font leur travail, indispensable, mais l'hyper information nous érafle au passage notre quiétude d'esprit. Il faut peut-être se tenir informé de peu de choses, pour garder l'illusion d'un monde décent. Choisir ce que l'on regarde est primordial.

L'impression que je m'amuse dans le virtuel au lieu de travailler, est le seul reproche que je pourrais formuler à l'endroit du net. J'aime beaucoup plus travailler sur un projet avec un résultat concret que de surfer sur mille informations, mille discussions certes intéressantes, mais éloignées de mon objectif.

Malgré les mérites d'intérêt, je remarque que moins je suis connectée, mieux je me porte. D'ailleurs, c'est très paradoxal, mais largement accepté, que les réseaux sociaux exacerbent le sentiment de solitude. Facebook n'avait pas droit de cité au bureau car je ne m'y suis jamais sentie seule. A la maison non plus, je n'avais pas ce besoin : les enfants, la fatigue saine d'une journée

---

[13] ^_^ vestige du Japon et de son amour des smileys.

de travail, l'ambiance de la soirée, les grandes discussions avec mon époux, me suffisaient amplement.

Les êtres humains, le contact réel, il n'y a rien de tel.

Honni soit qui mal vieillit

Là d'où je viens, on se débrouille pour ne pas se retrouver à vivre seul, à un certain stade de sa vie. Je n'ignore pas que c'est un choix personnel pour quelques-uns qui se retrouvent mieux dans ce schéma : les solitaires dans l'âme, les écrivains, les célibataires endurcis. Mais il y a les autres aussi, les solitaires involontaires, qui ne sont pas les moins nombreux. Dur, dur. Surtout à un âge avancé.

Je rapporte ici une discussion récente entre une dame Française assez âgée et son médecin Africain, durant un examen.

« - Docteur, je peux vous dire quelque chose ?
- Oui ?
- Ne le prenez pas mal, mais je vous trouve beau.
- Merci (sourire).
- Si je peux vous donner un conseil : surtout ne vieillissez pas.
- Mais, Madame, nous tous, nous ne demandons qu'à vieillir. »

Voilà résumés deux points de vue, le premier, occidental : culte de la beauté, de la jeunesse du corps, rejet de la vieillesse. Le second, africain, acceptation de la vieillesse comme une chose naturelle et désir d'y parvenir. Ainsi, vous ne verrez pas au Sénégal des publicités de crèmes anti-âges ni d'affiches de mannequins juvéniles à moitié nus à tous les coins de rue. J'applaudis à un tel réalisme. En revanche, les publicités indémodables de crèmes éclaircissantes, vous en verrez souvent. Chacun sa quête du Graal.

Peut-être, parce qu'en Afrique, nous avons une population qui est de loin la plus jeune au monde, ici les personnes âgées, fragilisées dans leur corps, disposent presque toujours de jeunes gens, apparentés ou non, pour les aider. De même qu'ils ont une vie sociale riche grâce aux nombreuses fêtes religieuses : baptême, mariage, réunion de confrérie, sans compter les funérailles. Durant ces évènements, ils font office de maîtres de cérémonie devant adouber les plus jeunes. Ces retrouvailles sont de puissants liants sociaux. Leur (trop) grande fréquence dans les quartiers populaires de Dakar est connue.

La situation banale au Japon qui consiste à ne pas avoir une aide pour les courses ou le ménage et à faire tout, tout seul à la maison, à mon âge je ne l'acceptais pas, mais alors à soixante-quinze ans, je trouverais cela cruel. Et pourtant, tellement de cas du genre observés dans mon ancien quartier de Furuedai. Ce n'est pas la plus belle image que j'aie jamais vue. Il y aurait là matière à comprendre la crainte de la vieillesse dans les pays développés, en opposition totale avec l'honorabilité des personnes âgées ici au Sénégal. Dans nos sociétés, le grand âge, c'est le moment de la consécration : on est retourné au village d'origine pour les plus chauvins, délivré des villes ; on a parfois quelques enfants qui aident financièrement, on a d'adorables petits enfants, des homonymes[14], et surtout, point essentiel, on habite chez l'un de ses enfants, si la demeure familiale n'existe plus. Ou, dans sa propre demeure, auquel cas, parents proches et autres viennent remplacer les enfants qui ont quitté le nid. Troisième cas, lorsque l'on n'a pas eu d'enfants et que l'on n'est pas propriétaire, on finit sa vie dans la concession familiale d'origine, avec la famille

---

[14] Dans mon pays, on attribue le prénom de son père ou de sa mère à son fils ou sa fille. Ainsi, le parent vieillissant est réconforté par sa renaissance à travers son petit homonyme auquel il demeurera souvent attaché. Témoignage d'amour et de considération entretenu par la tradition.

élargie. Il est extrêmement rare de sortir de ces schémas, que l'on soit pauvre ou riche. En tout cas, au grand jamais, une personne âgée ou un couple âgé, n'est laissé seul dans un appartement de deux pièces. Les maisons de repos, il n'en existe tout simplement pas, à ce jour.

Je ne préjuge pas de leur situation heureuse ou malheureuse car, pour ce faire, il faudrait avoir une vision d'ensemble et non un bref aperçu, comme je l'ai eu, mais je décris une image de la vieillesse esseulée que je ne connaissais pas et qui m'a frappée[15]à Osaka. Les apparences sont trompeuses d'ailleurs, j'en ai comme preuve notre *host family* (tuteurs) japonaise qui était composée d'un couple dans cette tranche d'âge. Et bien, je les ai trouvés extraordinairement joyeux et actifs. Pour les suivre, je devais courir carrément, je courais derrière ma tutrice japonaise la première fois qu'elle m'a emmenée faire les courses. « *Hurry up ! Hurry up !* » Elle me répétait qu'il fallait aller vite car son programme était chargé. Et il l'était. Cette grande dame n'a pratiquement jamais sauté un seul rendez-vous au cours de japonais du centre inter-nations ATOMS de Toyonaka (un excellent cadre, multiculturel, chaleureux, ouvert aux enfants) où elle m'emmenait avec mes filles et où elle-même donnait des cours, entre autres activités bénévoles. Quand elle nous invitait à manger, elle remplissait la table de petits plats savoureux tous concoctés par ses soins, sans fatigue apparente. Quand elle m'emmenait aux bazars périodiques, elle sautait prestement sur les meilleurs articles, qu'elle me refilait. A la course avec les enfants, dans les hauteurs des montagnes, elle les devançait, je pourrais continuer, mais sûrement que cela la gênerait car les Japonais sont très modestes et ne sont pas fans de la louange. Bref, voilà un exemple de gens qui vivaient seuls, n'ayant nullement eu besoin d'être assistés par une tierce personne, tant ils avaient bien

---

[15] Agréablement une fois où j'étais invitée chez un grand artiste japonais qui nous expliquait que ses deux parents vivaient au rez-de-chaussée de sa maison tandis qu'il occupait avec sa famille l'étage séparé. Modèle enviable.

structuré leur emploi du temps, au pas de course. Pas le temps de s'ennuyer. De toute évidence, il y en a pour qui la solitude n'est pas de la solitude.

Je ne parle pas de ces gens, somme toute exceptionnels, mais de la solitude ordinaire et banalisée criante parmi les seniors des pays riches, et qui demeure ici, comme je l'expliquais plus haut, une aberration. Alors, développement rimerait-il avec isolement ? Notre pauvreté serait-elle une richesse ?

Une telle logique me heurte. A l'évidence, je ne peux adhérer à cette vision simpliste, manichéenne et pessimiste de quelque bord que l'on se place. Il faut vraiment méconnaître les affres de la pauvreté : faim, maladies, mendicité, violence, viol, criminalité, obscurantisme, enfance délabrée et j'en passe, pour tenter de la légitimer. La pauvreté, il faut absolument la combattre. Simplement, on ne pourra pas rester au milieu du gué, nous Africains. Si nous nous développons à la manière de l'Occident (rien n'est moins sûr), il faut savoir ce qu'il nous en coûtera.

Solitude, quand tu nous tiens
Solitude, quand tu nous laisses

Je crois que si je me suis sentie tant livrée à moi-même au Japon, c'est parce que j'avais une image négative de la solitude. Dans mon inconscient, solitude égale abandon. Je ne pense pas pouvoir vivre seule. Avec mes pensées divergentes qui ne buteraient sur aucun obstacle en chair et en os, je tomberai vite dans l'égotisme. J'aime mieux quand mon ego me fiche la paix ! Ceux qui supportent cette situation, ceux des pays riches en général, l'appellent autonomie ou indépendance. C'est la relativité de toute chose. Ici, l'interdépendance a plus la cote et tout semble être fait pour éviter cette indépendance.

Pour les femmes, la vie solitaire est encore plus rare, passé le stade d'étudiante. Parmi les hommes, les solitaires ne le sont qu'en apparence : ils retrouvent presque tous femme et enfants laissés dans d'autres contrées chaque fois que leur travail le leur permet. Hormis ces cas, les personnes vivant seules chez elles sont notoirement asociales, marginales, d'une extrême indigence, abandonnées, soupçonnées de quelques troubles du comportement. Injustement peut-être, car il faut savoir que dans notre société la bien-pensance est prégnante.

Autre différence notoire depuis mon retour, mais celle-là n'est pas spécifique au Japon : disparue l'impressionnante faune domestique censée tenir compagnie. Une conséquence directe de cette standardisation de la solitude. Va pour les chats, qui ont l'élégance de ne jamais aboyer, mais tant de chiens membres de la famille, j'en étais assez troublée. La diversité est passionnante et étonnante. Ainsi, là où l'on salue à peine son voisin, on se perd en papouilles pour son chien. Quand on a affirmé que le chien est le meilleur ami de l'homme, est-ce qu'on ne parlait pas du chasseur ? Pardon à tous les autres amateurs de chiens. Ma perception de la relation au chien a été viciée, par une phobie durant mon enfance, par un voisin antipathique qui battait éhontément ses deux chiots, mais il y a sûrement un effet de mode chic qui sous-tend cette lubie animalière. Barack OBAMA, quelqu'un d'admirable, a deux chiens et je doute fort que ce soit l'ennui qui le pousse à se les offrir. Combien de minutes de son précieux temps peut-il accorder à son chien ? D'ailleurs, il a été rapporté que le premier souffrait tellement de solitude qu'il a fallu une deuxième chienne pour lui servir de « petite sœur ». La compagnie humaine, quand même, est plus naturelle.

Il peut sembler aussi que nous autres africains, nous aimons les animaux parmi nous. Les vaches, les moutons et les chèvres, qui trônent au niveau des devantures de nombreuses maisons et parfois déambulent entre les artères des villes ont de quoi étonner. Seulement, ils serviront de nourriture, nous n'en faisons pas des compagnons de solitude, sauf les bergers. Du reste, il n'y a que nos villages qui soient harmonieux, nos villes ne sont jamais que des pseudos villes [16] à la modernité poussive, majoritairement peuplées de villageois dans l'âme.

Pour ne citer qu'un exemple, je prends le cas de mon ex-bureau, situé sur l'avenue principale du centre-ville de Dakar. Un immeuble moderne, vitré, propre, aux normes. Dans ce beau bureau, planait régulièrement, dans le couloir menant aux quartiers du boss, une forte odeur de pisse de mouton. L'émanation prenait aux narines, chaque fois que la baie vitrée était ouverte. Pschitt automatisés placés dans les coins des murs n'y faisaient rien, l'odeur était là dans toute son âcreté. Nous

---

[16] Malgré beaucoup d'efforts, voiries, canalisations et éclairage public dysfonctionnent régulièrement à Dakar, la capitale, a fortiori dans les régions.

avons fini par nous habituer, normal, après des années, mais ça détonne pour qui n'a pas connaissance de cette urbanité particulière. Cet effluve provenait du pavillon mitoyen où des moutons étaient parqués. Une croyance dit que les mauvaises ondes sont détournées des humains qu'elles visaient, pour être absorbées par les moutons, s'il s'en trouve dans la maison. Pourquoi pas ?

Pour revenir à nos animaux de compagnie, je dirais que je n'ai rien contre eux, dans la mesure où, enfants, nous avons eu deux fois un chaton et une chatte, pour jouer. Cependant, les adultes ne doivent plus jouer. En tout cas, plus comme des enfants. L'affection pour l'animal gagnerait à être reportée sur un humain, car il en a, à mon humble avis, un besoin insondable. A ma connaissance, aucun chien ne s'est jamais suicidé par carence d'affection.

Les moyens de communication sont légion. Quelle est cette peur plus grande que ces grands moyens ? La peur de déranger, d'être mal vu ? On dérangera forcément un tantinet l'autre, c'est inévitable. La politesse ne devrait pas devenir de la crainte.

J'ai trouvé symptomatique qu'à Osaka, personne ne parle sur son portable. Je passais des heures dehors, sans jamais entendre les gens deviser au téléphone. Téléphoner est interdit dans les transports publics et sur les lieux de travail, c'est justifié dans le deuxième cas et plutôt sévère dans le premier. Je sais comme un appel peut déranger en réunion ou durant l'effort de concentration, mais dans un monorail, pas de concentration qui tienne. La seule précaution est de chuchoter et d'abréger pour épargner aux autres le sujet de ses conversations.

Pas de bruit du tout avec cinquante personnes autour de soi, ç'en est troublant. Que des visages fermés, assujettis à leurs écrans : tel était le visage des transports en commun japonais. Si je ne peux pas leur sourire, s'ils ne peuvent pas me sourire, si je ne peux pas dire « Bonjour ! » à tous et que tous ne peuvent me saluer alors, il est inutile de se voir. Certains trains avec des sièges disposés comme dans les avions permettent de se soustraire aux face à face taciturnes. C'est mieux. L'ergonomie diminuera, mais comme on ne se voit plus, fini le malaise.

Dans ces conditions où ce n'est pas possible de parler, que c'est difficile de communiquer ! Les SMS et les emails ne valent pas l'écoute et l'échange spontanés. Bien que j'adore lire, je ne me reconnais pas dans le tout écrit qui est souvent déconnecté du réel. Un échange d'emails, c'est un échange chacun pour soi. Bien protégé derrière son écran, l'esquive est beaucoup plus facile. Parler crée de la chaleur et fait passer le dialogue à la vitesse supérieure. Est-il sensé d'imaginer, un seul instant, des hommes politiques se limitant à battre campagne avec des emails et des textos, sans jamais parler à et avec leurs électeurs ? Bonjour l'engouement. Ils savent quelle force véhicule la parole. Dans les sociétés modernes, on écrit certes abondamment mais on ne se parle plus aisément. C'est un recul inexorable et regrettable. Un moment. Moi-même, ne suis-je pas en train d'écrire ? C'est que, voyez-vous, je ne m'exclus pas du lot. Touchée quelque peu par la modernité, je ne prétends pas échapper à ses ambiguïtés.

En fait d'ambivalence, malgré des dehors timides, j'ai découvert une grande générosité chez les Japonais que j'ai côtoyés. Invitations diverses, dons de matériel, covoiturage, bénévolat, disponibilité, petits présents, sans compter la délicatesse, le calme, la ponctualité et l'humilité que tout le monde leur connaît. Alors, finalement, qu'est-ce qui doit primer : de l'emphase, des dehors généreux, avec de rares suites probantes ? Ou des dehors réservés, avec des trésors de générosité ? Sans doute, je choisirais la seconde proposition. Aïe ! J'ai aperçu un serpent qui se mordait la queue. J'étais triste au Japon, oserais-je en être nostalgique ?

Car je trouve que la tristesse a toujours donné d'excellents résultats. Sans elle, il n'y aurait pas eu *Requiem for a dream*, *Winter sleep*, *Shame*, des films splendides, portés par une époustouflante mélancolie. Ces personnages, qui s'abandonnent si complètement à leur triste sort. Cela est d'autant plus fascinant pour moi que j'en suis totalement incapable. Ma tristesse au Japon n'était pas de cet ordre, elle était indocile. Elle n'avait rien d'alangui.

Du moment que je m'énervais, je conservais toute mon énergie. Et par là même, je tenais en respect la tristesse contemplative. Il y a une grande différence entre être énervée et être en colère. Je n'ai pas été en colère pendant que je vivais au Japon et, vu d'ici, je considère bonifiant mon énervement nippon et ses suites. Après tout, je suis revenue saine, sauve et très reconnaissante à mon pays de m'avoir toujours permis de mettre au monde mes enfants et de conserver mon travail.

Ma patrie démocratique, laïque, prônant la parité, a de belles facettes[17].

Mes congénères, qui respirent la chaleur humaine, la spiritualité et la vitalité, sont engageants. J'aime ces exhausteurs de vie, incontestablement. Pas toutefois au point de ne pas voir qu'ils débouchent sur un environnement insalubre, des dirigeants cupides, des religieux opulents, une pauvreté systémique, des enfants *talibés* rossés et livrés à la mendicité, des écoliers livrés à la violence des gifles et des coups de cravache.

---

[17] Triple performance, le Sénégal peut en effet se targuer d'être une exception démocratique dans le paysage africain émaillé de putschs. La laïcité est inscrite dans la constitution et la bonne intelligence prévaut entre musulmans et chrétiens. La loi sur la parité dans les institutions électives a été promulguée en 2010 et appliquée par décret n°2011-819 du 16 juin 2011.

Mes semblables, à force d'être complaisants, très assistés, dissipés, inciviques, insensibles, désunis, réussissent à transformer en belle boue, tout le beau potentiel dont ils disposent.

Eh oui, à qui il est facile de se pencher, il est difficile de ramasser[18].

En vérité, il y a quelque chose d'inhérent à notre condition à tous : un peu de solitude et de réflexion ennuyeuse sur soi-même oblige à l'effort soigneux. C'est la palabre réjouie et pleine de promesses qui appauvrit son sujet.

Je le réalise tellement, qu'aujourd'hui, quand je sors de mon logis et rencontre toute la laideur de ma ville, passé le périmètre congru des quartiers dits nantis, je sais que le petit confort de ma maison ne peut me faire accepter l'extérieur ratatiné, exactement de la même manière que la netteté des rues cossues d'Osaka ne me distrayait pas du désarroi que je ressentais chez moi.

La lucidité, que ce soit à Dakar ou à Osaka, n'a pas l'heur de me convenir. Voilà tout. Sur ce, je vous dis : prenez soin de vous, de votre famille, de votre voisin, de votre travail, de votre pays, au revoir, merci et *ba bénén*[19] !

---

[18] Proverbe wolof : *bou fohr yombéé, seuggue diaffé.*
[19] A la prochaine ! wolof.

Remerciements à

Cheikh, mon premier relecteur

Linda, ma grande sœur de cœur

Tije, pour le dessin de couverture

Hulo, femme d'esprit et d'action.

Table des matières